KB181245

동인시 1

분단시대 동인 30주년 기념 시집

광화문 광장에서

김성장 김용락 김윤현 김응교 김종인 김창규
김희식 도종환 배창환 정대호 정원도

동인선 1

광화문 광장에서

인쇄 · 2014년 11월 15일 | 발행 · 2014년 11월 25일

지은이 · 도종환 외
펴낸이 · 한봉숙
펴낸곳 · 푸른사상
주간 · 맹문재 | 편집 · 지순이

등록 · 1999년 7월 8일 제2-2876호
주소 · 서울시 중구 충무로 29(초동) 아시아미디어타워 502호
대표전화 · 02) 2268-8706(7) | 팩시밀리 · 02) 2268-8708
이메일 · prun21c@hanmail.net / prunsasang@naver.com
홈페이지 · http://www.prun21c.com

ISBN 979-11-308-0304-3 03810

값 8,000원

이 도서의 국립중앙도서관 출판시도서목록(CIP)은 서지정보유통지원시스템 홈페이지(http://seoji.nl.go.kr)와 국가자료공동목록시스템(http://www.nl.go.kr/kolisnet)에서 이용하실 수 있습니다. (CIP제어번호 : CIP2014032833)

광화문 광장에서

| 시인들의 말 |

1.

살아 있는 것만으로도 피가 더러워진다고 여겼던 날이 있었다. 지금 다시 살아 있다는 것만으로도 입안에 구더기가 가득해지는 날이 계속되고 있다. 전에는 그것이 권력 때문이라고 생각했는데 이제는 나 때문이라는 생각이 든다. (김성장)

2.

시를 통해, 문학을 통해 〈분단시대〉 훌륭한 인품을 가진 선배, 동료 동인들과 오랜 우애를 나눌 수 있었던 것은 인생의 가장 큰 행운 가운데 하나이다. (김용락)

3.

몸이 부서지는 희생을 효란 이름으로 갚는다는 것은 애당초 도달할 수 없는 생각이 든다. 그래서 부모를 왕위에 오르게 한대도 그 은혜를 다 갚을 수 없다고 석가가 설파한 것이리라. 부모님은 평생 한마디 말씀이 없어도 제게 가장 큰 가르침을 주셨다. 『한씨외전』이 뼈를 쑤신다. “나무가 고요하고자 하나

바람이 멈추지 않고, 자식이 효도하고자 하나 부모가 기다리지 않는다." (김윤현)

4.

분단시대 동인을 만난 것이 30년이다.
불혹까지 살 생각도 못하고,
역사의 현장으로 뛰어다니다 보니,
시나브로 지천명이 지나고, 하는 말마다
남의 귀에 거슬리는데, 이순(耳順)이란다.
무엇 하나 제대로 한 것도 없이 명퇴하고
환갑에 다시 시작하란다. (김종인)

5.

참으로 아팠습니다. 그리고 오랫동안 시를 쓸 수가 없었습니다. 시에게 미안했습니다. 그리고 내 시가 또 다른 공해가 되지 않았으면 했습니다.

나를 속이지 않는 솔직함으로, 다시 눈물로 시를 쓸 수 있을 때까지 기다리자고 했습니다.

이런 늦은 회한은 그런 떠남과 방황의 길에서 나를 찾고, 그렇게 뒹굴다 남은 흔적들 속에서 찾아낸 아픈 알갱이들을 모으는 일을 하려 반응하는 것일런지도 모릅니다. (김희식)

6.

세월호가 가라앉자 우리 안의 온갖 후진성들이 수면 위로 떠올라왔다. 그걸 고쳐야 한다는 목소리들이 분수처럼 뿜어져 나왔다. 사월 십육일 이전과 이후가 다른 사회를 만들자는 다짐도 많았다. 그리고 몇 달이 흘렀다. 채 넉 달을 못 참고 슬픔은 조롱과 야유와 음해와 욕설로 바뀌었다. 우리 안의 악마성이 고개를 들기 시작했다. 그 많던 반성들은 어디로 간 것일까? 진정 이 나라에 희망이 있는 것일까? 이제 이 슬픔은 어디로 가야 하는 것일까? (도종환)

7.

분단시대는 아직 진행 중이다. 글을 써서 분단시대를 종식시키는 데 기여하겠다던 1980년대, 30년 전 우리들의 젊은 꿈과 열정이 귀하면서도 참 야무진 것이었음을 절감한다. 온갖 종류의 분단이 더욱 우리 삶을 칭칭 감아서 질식할 듯한데, 산 너머에는 또 다른 산이 기다리고 있고, 여우가 가고 나면 더 교묘하게 진화한 범이 등장하는 것 또한 세상의 이치다. 그런데 그 여우와 범이 우리의 안에 똬리 틀고 있는 '괴물'이라는 것도 산을 오르내리며 배웠다. 걸어온 길은 늘 풀숲에 잠겨 있고 눈앞엔 거친 길들이 우릴 기다렸지만, 함께 어깨 부비며 그 길을 걸어온 시간이 우릴 건져주었다. (배창환)

8.

분단시대 동인은 내 문학의 등뼈를 곧추 세워준 인연이다. 제대로 역사인식도 확신하지 못한 채 죽음과 삶의 경계에서 개별적 존재론에만 매달려 집착하고 있을 때, 나보다 저만치 앞서 가며 시인이 어떤 길을 가야 하는지를 실천과 시로 멘토가 되어준 분들이다. 포항에서의 민중시 낭송회 사건 이후 나는 긴 시간 동안 문학과 엔지니어라는 불화의 관계를 동시에 수용해내지 못했다. 이제 뒤늦게나마 내 시의 길을 찾아갈 수 있게 된 것이 여간 다행스러운 게 아니다. (정원도)

김응교

김종인

| 차례 |

김창규

김희식

도종환

배창환

정대호

| 차례 |

정원도

김성장

춘정

점심 먹고 화단으로 가니 산수유 노란 꽃잎이 내 손목을 잡아 끈다 너무 세게 잡아 당기는 바람에 하마터면 나는 산수유의 앙가슴에 쓰러질뻔 했다 그러나 그곳에 쓰러지기엔 나의 몸이 너무 딱딱했다 아마 그의 속옷과 갈비뼈마저 산산히 부서지고 말았으리라 나는 겨우 발길을 돌리기는 하였지만 그 노란 입술과 고개 숙인 눈동자의 흰 웃음은 자꾸 내 등에 와서 업힌다 손목은 자꾸 화끈거리고

혹시

며칠째 신발장에 운동화가 버려져 있다
주인을 찾아도 나타나지 않는다
내 발에 맞기만 한다면 갖고 싶을 만큼 아직 새것
일찌감치 무소유를 깨달은 아이들은 언제부터인지
물건에 집착하지 않는다

혹시 부처님인가

남의 물건을 탐내지 않는다
필요하면 눈에 띄는대로 가져다 쓰고 버린다
그냥 아무거나 공용이다
쉽게 쓰고 쉽게 버리고 쉽게 잊는다 이런!
공용주의자인가

혹시 빨갱이인가

아무에게나 욕을 하고
교과서도 없다

자고 싶으면 자고 가고 싶으면 가고
학교 오고 집에 가는 일이 거침없는
놀라운 대자유
위 아래도 없고 좌우도 없음을 일찍 깨우쳤다

혹시 아나키스트인가

일찌기 교과서에 더 배울게 없음을 알아버리신 분들
공부하기 싫으면 학교를 떠나라 해도
끈질기게 학교에 와서 저항한다
교사에게
성실한 친구들에게
성실한 체제 수호자들에게도 한방을 날린다
아 씨발 존나 짜증나

혹시 혁명가인가

나는 시인이다

나는 설움이 많아서 사물을 제대로 볼 수 없는 시인이다
두려움 때문에 눈은 점점 커지고
커진 눈동자 사이로 바람이 몰아쳐
구석구석 먼지가 쌓여 있으니
나는 아픈 데가 많아서 사물을 있는 그대로 볼 수가 없다

눈물은 이미 다 쏟아버려
모래밭이 된 지 오래
그대 눈물 흘러온다면 스며 사라지겠지

그대는 목숨을 걸었는데 나는
손가락 하나 걸지 못하였다
후회도 할 수 없다

그러나 어디 전봇대처럼 선명한 사상이 있으랴
낙타가 자기 발을 보고 문득 낙타임을 깨닫듯이
기도하려고 했을 때 손이 없음을 깨닫듯이

내가 나를 사물로 세워놓고 바라본다

좀 더 있으면 가을이 끝날 것이다 그때 나도
고독에 대하여 몇 마디 할 수 있으리라
호숫가로 나아가 트럼펫을 불며
물결 위로 띄워보낸 날에 대하여
어쩌면 서러움에 대하여 몇 줄의 악보를 그으리라

분하고 원통한 것이 많아 다리는 휘어지고
그리운 것들 아우성대니
흔들리며 걸을 수밖에 없다

흔들리며 흔들리며 나는
사물을 흔들며 걸을 수밖에 없는 시인이다

상처

썰매 타다 송곳에 찢어진 손목의 상처도 그렇고
개에게 쫓기다 넘어진 무릎의 상처도 그렇고
아무는데 오래 걸렸다
오늘 그 상처를 보다가
상처 주변의 살갗들이 상처의 색깔과 닮았음을 깨닫는다
처음 그 상처들은 상처를 메꾸고
주변의 살갗과 같아지려고 애썼을 것이다
피가 솟구치고
피의 주변에 몰려든 통곡들
헤쳐가야 하는 피의 계곡에서
사정없이 피를 빨며 통곡을 건너가는
무사들이 있었다
오십이 넘은 지금까지도 지우지 않고
상처를 남겨둔 뜨거운 입김
통곡이 멈추고 통증이 사라져도
계속 버티며 지워지지 않는 상처의 혓바닥
또는 뿌리
지금도 상처의 주변에는

송곳의 첨단이 지나간 빛을 움켜쥐고 놓지 않는 불길이 있다
상처의 흔적은 상처의 주변에 서성거린다
상처도 사랑이 있어 상처를 낳고 싶어한다
세상이 상처투성이인 것은
상처가 맨살보다 훨씬 더 꽃에 가깝기 때문
녹슨 무기 사이를 헤집으며 상처끼리 서로 다시 찢으면서도
손목이 무릎을 비비고 있다

소매를 끌어내리며 상처를 덮는다

묵

이것은 진짜 묵이야 우리 엄마가 뒷산에 가서 도토리 주워다가 직접 만든거야 한입 가득 묵을 우물거린다 찰찰거리는 모양하며 젓가락에 잡힐락 말락 손가락으로 간신히 집어 입으로 가져가며 이거 보라고 식당에서 사 먹는 거는 다 가짜여 가짜

진짜를 먹으며 가짜를 생각한다 가짜 묵은 어디서부터 가짜가 되었을까 가짜 묵은 몸 속으로 들어와 나를 가짜로 만드는 것일까 내가 만지는 아내는 진짜일까 아내는 진짜 아내이고 아내는 진짜 나의 아내일까 나의 아들은 나는 그리고 너는 진짜인가

가짜를 먹으며 진짜를 생각한다 가짜 묵에 섞인 밀가루는 묵을 숙주로 하여 신분을 세탁하고 위장 취업을 한 후 우리 몸에 침투하는 전략을 어느 가짜로부터 배운 걸까 가짜 묵 가짜 식당 가짜 섹스 가짜 보수 가짜 웃음 가짜 짜가 가짜 가짜 진짜 가짜 가짜 진짜 진짜 가짜 진짜 진짜 가짜

진짜 내 가짜 혓바닥이 진짜 묵을 가짜 젓가락으로 진짜 집어 가짜 입으로 진짜 가져간다

묵을 쳐 먹는다

김용락

반딧불이

왜관역 노란 리본

대구의 10월

어둠

서북청년단 재건위

반딧불이

먹물처럼 깜깜한 산 속의 밤
콩알만 한 반딧불이 꽁지에 달린
그 빛이 하도 작아서
사람의 마음을 예리하게 찌르며
더 멀리 멀리 퍼져나간다

왜관역 노란 리본
— 세월호 희생자를 추모하며

1

경부선 작은 역 왜관역 앞
노란 리본이 파도처럼 물결친다
바람이 올 때마다
줄에 매달린 노란 리본이
해일처럼 밀려왔다 간다
내륙 경상도 왜관 땅에서
푸른 바다 진도 팽목항까지는 아득한 거리
삶과 죽음의 거리가 이 정도 될까?
방금 기차에서 내린
주둔군 앳된 미군 병사도
손가락이 갈쿠리처럼 거친 촌 노파도
비뚤하게 방명록에 쓴다
어린 아가들 명복을 빈다고……
펜 뚜껑을 닫으면서
그 늙은 할머니가 남긴 말이 의미심장하다
젊은 엄마들 지금은 잘 모른다

세월이 지나가면 그게 얼마나 아픈지 알게 될 거다는
말을 혼잣말처럼 중얼거리며
역 광장을 빠져 나간다
노란 리본이 불어오는 바람에 몸부림친다
해맑은 그 아이들처럼

2

세월호 사건이 난 지 꼭 한 달이 지난 5월 17일
옛 스승의 7주기 추모식에 갔더니
후배가 "선생님 그냥 오셨네요" 라면서
내 정장 깃에 노란 리본을 꽂아주었다

그날 이후
책을 읽으려고
밥을 먹으려고
담배를 피우려고
신발을 신으려고

고개를 숙일 때마다

가슴에 달린
그 노란 리본이 내 눈을 찌른다
수업 시간에 선생노릇을 잘못한
내가 가장 큰 죄인이라는 소리를 내뱉었지만

고개를 숙일 때마다
노란 리본에 눈이 찔린다

3

경북 고령군 내곡동
이미 오래 전에 폐교가 됐던
초등학교 부지에서
세월호 참사 희생자 추도 퍼포먼스를 했습니다
읍내 포크레인 업자
분식집 여주인 색소포너가 포함된 아마추어 악단이

크레인과 음악을 재능기부하고

산속에 작업실을 꾸린 재야 화가가

독수리 연을 만들어 크레인 타고 하늘 높이 올리고

일본인 부부 전위무용가의 고통스런 좌선 기도

시낭송가의 슬픈 퍼포먼스

지방 시인의 서툰 추모시

읍 경찰서 정보형사의 감시까지

두루두루 어울려

얼굴 한 번 본 적 없는

그 어린 꽃들을 위해

참 오랜만에 깊게깊게 울다보니

그 길다는 여름해가

어느새 해가 서녘으로 지고 없었습니다

대구의 10월

대구의 10월은

사랑하는 연인들이 바바리 깃을 세우고

은행잎이 노랗게 물든 아름다운 포도 위를 걷는 낭만이 아니다

시월 그 어느 날을 합창하는 달콤한 목소리의 청춘 로맨스도 아니다

이브 몽땅의 고엽을 저음으로 내리까는 불란서풍의 샹송도 아니다

대구의 10월은

1946년 10월 1일의 인민항쟁

쌀을 달라 쌀을 달라

정의를 바로 세우자고 외친 후

1950년 한국전쟁 전후까지

대구교도소, 가창골, 경산 코발트광산, 앞산 빨래터에서

학살당한 수천 명 무고한 백성의

이름을 기억하는 10월이다

그 낯선 얼굴을 노래하는 10월이다

2014 대구 10월 문학제에
부산에서 임수생 시인이
경북 영천에서 이중기 시인이
대구에서 고희림 시인이
부산에서 조갑상 소설가가
제주도에서 김경훈 시인이
여수에서 김진수 시인이
자신의 부친과 외조부와 형제의 죽음과 10월을 이야기했다

그 이야기를 듣는 순간
나는 우리나라 맑은 가을 하늘 상공이
아우성치는 원귀로 가득한 것을 보았다
핏빛으로 얼룩져 있는 것을 보았다
피 냄새로 진동하는 것을 보았다
아직도 끝나지 않은
대구의 10월을 기억하자

청산하지 못한 역사를 기억하자

칠레의 상원의원 파블로 네루다가
지역구 고원 지대에 갔을 때
두 눈이 붉게 충혈된 광부가 지하 갱에서 올라와
당신의 동료가 지옥에 살고 있다는 것을 기억해주시오
시인인 당신의 펜으로
우리의 비참을 증언해주시오라고 외쳤듯이
나는 나의 펜으로 대구의 10월을 노래한다
그 참혹했던 국가 학살을
야수의 얼굴을 했던 비정한 인심을
민주주의를 목을 옭죄는 자본의 차가운 손아귀를

어둠

산 속에 밤이 깊었다
어둔 숲 속에서
이름 모를 산새 소리가 이따금 정적을 깨운다
산 너머 저 멀리서 달이 떴는지
무릎 꿇고 앉아 바라보는
산의 이마는 윤곽이 뚜렷하다
초저녁 얕은 처마 굴뚝에서
피어오르던 연기도
어둠에 묻혀 이미 어디론가 사라지고 없다
문득, 초가을밤에 느끼는
인생의 이 쓸쓸함
그러나 산 너머 저쪽 도시에는
화려한 전깃불이 바삐 오가는 사람과
고급 아파트를 오래 비출 것이다
그 그림자 아래로
여전히 얼어 죽은 노숙자의 흰 뼈가
먼지 속에 굴러다닐 것이다

서북청년단 재건위

올 가을
국민소득 2만 3천 달러
선진국 문턱의 이 땅에
서북청년단 재건위가 나타났다고 한다
호열자처럼
폐결핵처럼
에이즈처럼
에볼라처럼
그 죽음의 그림자가
21세기 대명천지에 나타났다고 한다
4 · 3 때, 10 · 1 때, 여순 때, 1950년 그때
임신부의 배를 가르고
태아를 총검으로 찍어 들어 올려 휘저었다는
살육의 레전드가
가을의 전설처럼
연탄가스처럼 다시 나타났다고 한다
그러나 곰곰이 생각해보니
서북청년단이
이 땅에서 사라진 적이

한 번도 없었다는 사실을 나는 알았다
자본의 얼굴을 한 서북청년단이
가난의 얼굴로 가장한 서북청년단이
불평등이라는 무심한 이름을 이마에 붙인 서북청년단이
인간의 윤리와
도덕을 한 방에 갈아엎는 냉혈한의 얼굴로
형제간에 패륜적 재산 싸움을 통해
늙은 노모를 산 속에 버리고 도망치는 뒷모습을 통해
빚에 몰린 임대주택 모녀의 동반 자살의 모습으로
늘 우리 곁에 있었다는 사실을
나는 미처 깨닫지 못한 것뿐이었다
변장과 위장에 능란한
그 서북청년단의 참 모습을 놓치고 산 것뿐이었다

김윤현

깃발과 바람

아버지는 영원히 펄럭이는 깃발이었다 허허벌판 같은 집안을 세우려 공사장이고 잡목 우거진 산비탈이고 먹을 것이 있을 만한 곳이면 깃발을 올렸다 한번 올린 깃발은 내리는 법이 없었다 더위나 추위 배고픔쯤은 깃발이 힘차게 펄럭이는데 문제가 되지 않았다 일제 강점기 만주에서도 6 · 25때도 깃발은 내리지 않았다 얼음처럼 세월에 깃발은 찢어질 수는 있어도 내릴 수는 없었다

깃발이 비에 젖어 있을 때는 바람이 불어와 말려주었다 배가 고파 축 처져 있을 때, 바람은 어김없이 불어와 흔들어주었다 깃발이 펄럭이게 해준 건 언제나 바람이었다 어머니는 한 곳에서 잠시도 편안히 쉴 수 없는 바람, 더운 날이라 그늘에서 쉬지 못했고 추운 날이라 온돌방에서 몸을 녹이지 못했다 평생을 마음 놓고 잠들지 못했던 바람, 그 바람이 불어와 펄럭이던 깃발 아래로 유지되었던 가계(家系)의 안락도 이제는 모르는 채, 이승에서 내린 깃발은 하늘에서 다시 올렸을 거라며 바람은 언젠가 하늘로 올라가 깃발을 펄럭이게 할 궁리 중이다 바람기 한 점 없는 요양원에서

울 엄마*

미꾸라지 참붕어 풍뎅이와 살았던 늪이 아닌
스스로 오르내리기 힘든 침대에 갇혀서
논고동, 온몸으로 자꾸만 찌그러진 반원을 그린다
반지름은 길어졌다가 짧아졌다 수시로 변한다
감당하기 힘들었던 오랜 농사일이 있었을까
논고동은 빨판이 삭아 수초에 붙어 있지 못하고
쇠로 된 침대에서 자꾸만 고꾸라진다
힘없이 기울어지는 반원에서 소리가 잔물결처럼 들려온다
왜 이리 오래 사노, 오래 사는 것이 아닌데
수초에 붙을 수도 없는 시간에 들어섰다는 물결 소리인가
좀 일바시 도…** 좀 일바시 도오오…
가까이서 가느다랗게 들리는 먼 소리
들어도 못들은 척, 생땀에 젖는 논고동 새끼
안타까운 눈빛을 보내며 꼼지락거리기만 하다가
고장 난 활처럼 굽은 등을 바라보면 마음도 꼬부라져
수확이 끝난 들판만 힘없이 바라본다
긴 세월의 물결에 맥없이 둥둥 떠 있는 논고동
그 고운 살은 흘러 어디로 다 빠져나갔는지

어쩌지 못하는 뼈만이 옷을 엉성하게 걸쳐놓은 채
빨판은 삭을 대로 삭아
늪이 아닌 침대 어디에도 몸을 붙이지 못하고
어디까지 밀려왔는지도 모른다
여어가 어디고, 여어가아…
물결 소리는 논고동 속에서 힘없이 흘러나오지만
논고동이 서식할 수 없는 요양원이라 말할 수가 없다
따스한 햇살 가득 내려앉는 늪이 아니라고도…

요양원을 나서는 길은 낮인데도 온통 안개가 자욱하다

* 박재삼 시인의 「추억에서」 본문 중 '울 엄매' 를 참고했음.
** 좀 일으켜 다오.

거미처럼*

바람이 순라군처럼 함부로 지나가는 창호지도 없는 방, 비가 오면 비를 그대로 맞는, 구들도 없는 방에서 실 같은 생을 몇 가닥 얽어놓고 기다리는 일이 삶의 전부였다 공중 노숙이다 단 하루만이라도 천장이 있고 따뜻한 구들장이 있는 방에서 잠자고 싶었다 생의 허공에 매달려 사는 저 공중 곡예사에게는 일정한 생계란 있을 리가 없었다 달리 할 수 있는 일이 없었으므로 『명심보감』만 달달 외우셨던 할아버지처럼 말없이 세월을 기다렸다 기다리기만 할 뿐, 한 끼 식사는 거미줄처럼 구멍이 크게 나기 예사였다 그러다가 그물이 출렁이면 먹이를 재빠르게 돌돌 감아올리는 거미, 아버지는 거미였다 농사일이라면 동네에서 제일이었던 아버지, 농사철이 되면 먹이를 감지한 거미처럼 바삐 움직였다 그러나 생의 대부분 할 수 있는 일이란 농사 이외에 달리 아무 것도 없었다 굶주린 배를 안고 겨울 내내 움츠리며 추위를 견딘 거미처럼

* 발표한 작품으로 일부를 수정하여 재수록함.

그림자

어두운 곳에 발 들여놓지 않는 습성
법조문처럼 흔들림이 없다
해가 뜰 때부터 해가 질 때까지
먼 길도 숨이 차지 않고 달려도
숨이 차는 시늉만 할 뿐, 몸은 가뿐하다
밝은 곳에만 모습을 드러내며
발걸음도 보여주지 않는 동행
오르막 내리막도 평지처럼 다닌다
앞서지 않으려는 좌우명이 묻어 있다
땅에 바싹 엎드린 자세로 일생을 사는
말하자면 생애가 평면적이다
평생을 농사일만 한 어머니처럼
흔적도 남기지 않는 삶이 몸에 배어 있다
어둠이 다가오면 발길 감추는 것을 보면…

물방개와 저수지

저수지는 물을 가득 채워놓고 물방개가 마음 놓고 헤엄칠 수 있게 해주었다 물방개는 먹을 것이 없어도 마음만은 푸근했었다 물방개는 저수지가 하늘처럼 영원할 줄 알았었다 하지만 거듭되는 가뭄에 몸은 야위어지고 끝내 물이 다 빠져나간 뒤 저수지는 쩌억 쩍 갈라졌다 더구나 수리시설이 된 세상이 되자 저수지는 메워지고 이제는 흔적도 없어졌다 마음이 텅 빈 물방개는 그럴 때마다 저수지가 있었던 곳을 날아가 보지만 마음 둘 곳은 없었다 그러다가 저수지 상공을 뱅뱅 돌다가 빈 몸으로 돌아올 뿐이었다 꿈에서도 그랬었다 유년을 흠뻑 적셔주셨던, 내 생의 저수지였던 아버지가 떠난 뒤부터 자주 그랬었다.

김응교

환(幻)

노련한 주방장은
펄펄 저항하는 잉어 눈과 머리 사이를
바늘 찌르거나 칼등으로 제압시킨다
살짝 대기만 해도 피나는 횟칼로
뼈에서 살을 발라낸다

지느러미 비늘 아가미 쓸게 부레도 발라내고
환장하게 살아 떨리는
투명한 잉어
회 한 접시 남겨두고 껌뻑인다

뼈만 남은 환어(幻漁)
우멍한 눈알 흉내내는 나,
환시(幻詩)를 쓴다면서
피 한 방울도 없이
시 한 줄 풀어내고 꿈뻑인다

비행기

술집을 전전하다가
나이 들어 더 이상 탱탱한 알몸이 아니기에
동네 남자들에게 속살 팔다가
호텔에서 맛사지 하며 지내다가
담배에 찌든 시꺼먼 간장 덩어리,
괄약근 늘어진 할망구 웃음, 급기야
불심검문에 잡혀, 그저께 한국으로 강제 송환된
그녀의 빈 방에서

아내 팬티도 갠 적 없는 내가
가슴에 못만 박힌 여자 팬티를
비행기 접어 상자에 넣을 때,
주민등록상으로 쉰 하고도 넷에게서
국제전화가 왔다

선생님, 스커트나 구두나 침대나 냉장고는
유학생이나 없는 사람들한테 나눠주시고요
옷장 위 박스에 제 방을 들락거리던 남자들 옷이 있어요

그건 북한 돕기 운동하는 데 보내주세요

아내 팬티도 갠 적 없는 내가
낚시터의 미끼처럼 버려진 여자의 과거를
비행기 접어 하늘 창고에 날린다

송광사 쇠붕어

일몰의 여섯 시
스님들 범종을 두드린다
만물 생것들 북소리에 고개 든다

저녁 예불 시간
아제아제 바라아제 바라승아제 모지 사바하
스님들 독경에
대웅전 벌렁이며 우주와 심호흡한다
반야심경은 흉내내는데 게송(偈頌)을 못 외워서
내 삶의 부지깽이, 주기도문만 거푸 외웠다

피곤하시죠?
차 달여주시는 주지 스님 방에 걸린
한자락 헐렁 옷의 날개 때문에
온돌방의 온기와 함께 뼛속으로 스미는
새벽 범종 소리 때문에

대웅전 불화(佛畵)에 갇혀 있던 산새 몇 마리

몽근 부리로

시(詩)를 물고 치솟는다

절집 처마에 걸려 있던 쇠붕어 한 마리

꼬리 치며

시의 젖꼭지를 깨문다

반야심경과 주기도문이 박치기 하여

반딧불 일으켜

시집 등불, 선(禪) 선(禪) 선(禪) 켜놓는다

개미 소년

입대하기 이틀 전
부여 생가에서 당신의 아버지가 열어주시는
두터운 과거로 들어갔습니다
머구리 반딧불 귀뚜라미 무서리 밤벌레
초롱불 깊은 빛에 모여들었죠

구십이 세의 신연순 옹은
당신이 읽었던 책을 자랑스레 보여주셨어요
이와나미 문고본이 많아서 그날 처음
일본어 공부를 다짐했었고
십여 년 만에 당신이 읽었을 책*을 번역했죠

다음날, 당신 아버지에게 큰절을 할 때
가지런한 틀니가 기억의 뒤란에 걸쳐지고요
밀레의 색바랜 만종이 걸려 있는
부여 마뜩한 시골 이발소에서
빙충맞은 세월을 빡빡 깎고 군에 입대했어요
제대 후 당신 평전을 쓰겠다며 섬나라로 갔고요

여전히 햇살 노리는 금강,

시바 료타로에게 사카모토 료마를 배웠던

일본인 제자들을 데리고 당신 집에 왔습니다

동학과 전봉준, 그리고 동대문 어딘가에서

고구마처럼 비에 젖어 사라진 소년**에 대해 가르쳤거든요

문득 한 학생이 그 소년은 어디 있느냐고 물어요

카바레에서 춤추는 제비,

시장판에서 곱창 끓이는 배불뚝이,

입사 원서 들고 서 있는 실업자,

체육관에서 연설하는 말재기 당 후보

소년 어디에 있을지

나는 땡볕 아래 맨흙을 파고 있는

외따로운 개미 한 마리 골똘히 보았습니다

*오스기 사카에, 김응교 · 윤영수 번역, 『오스기 사카에 자서전』, 실천문학사, 2005.

**신동엽, 「종로오가」에 나오는 한 구절.

성(聖) 지린

집 없이 산다는 것
애완견 대신 오줌 냄새 품고
쓰레기통 베갯머리 삼아
피부병과 동상(凍傷)을 가족 삼는 것

오줌 냄새랑 친해지려고 나도 무진 애썼다
홈리스들 틈에 엉덩이 까고 주저앉아
간장에 단무지를 한 달쯤 삭히면 날 만한
시궁창 이빨과 맞잡고 얘기하며
내 욕망의 다비식도 해봤다

여물 닮은 성(聖) 지린 증기(蒸氣)시여 !

앗싸, 코끝에
발효하는 오줌 냄새가
베스킨라빈스 아이스크림으로 풀리던 날
나도 나도
예수님에게도 아슴지린 오줌 냄새
석가님에게도 달콤지린 오줌 냄새

김종인

새, 떠난 둥지

누운 회화나무

종심(從心)

재앙을 잉태하는 자들

대낮, 길을 잃다

새, 떠난 둥지

유월이면 장미만 붉게 피는 게 아니다
밤꽃 향기 짙은, 짙푸른 신록도 이제
스스로 깊어지는 고요의 바다!
고요 속에서는 붉게 피는 것도
향기 짙은 것도 다 슬픔이다
보리똥 붉은 열매를 따서 술을 담근다

사정없이 번지는 구지뽕나무 새끼들
어지럽다 새, 떠난 둥지를 만난다
벌써 이소(離巢)라니 갑작스런 심근경색
이 세상 무거운 짐, 다 내려놓고 문득
찔레꽃 하얗게 떠난 친구가 그립다

스스로 깊어지는 푸른 산에도
아름드리 고목, 쓰러지는 때가 있다 쿵!
한 우주가 갑작스레 무너지는 날이 있다

마음 귀퉁이가 무너지는 날은

갑자기 온다 예상도 못한 터에
망연자실(茫然自失), 그것이 다 인생이다

새, 갑자기 떠난 둥지를 만난다
푸른 산에 들면 늘,
그대가 그립다

누운 회화나무

오백 년을 살았다 한다
아니, 천 년을 살았을지도 모른다
회나무집 형수가 지키고 있는
묵묘처럼 둥근 회화나무 허리

몸통 위에 온통, 푸른 이끼를 쓰고
적막한 어둠으로 웅크리다가
봄이 오면 연초록 이파리 하나 하나
눈부시게 일어서려는 처절한 몸짓!
좁고 가는 나이테에는 얼마나
많은 파란이 새겨져 있을까

어느 봄날 떨어져 시든 목련처럼
얼굴을 온통 덮고 있는 검버섯
얼마나 더 살아야 하나 아득할 때
세상엔 아무 일도 일어나지 않은
어느 한가로운 날 쿵! 하고 천지가

온통 무너져 내리는 날이 오겠지

살다보면 누구나 걸어온 길 아득하네
오백 년을 외롭게 산들 무엇하나
희망을 가지고 산다는 게 무엇인가

인생은 늘 외롭고 적막하거늘
김천시 남면 초실, 누운 회화나무
해마다 어김없이 봄이 오면
연초록 이파리가 일어서려는
저, 처절한 몸짓,
무심한 바람
한 자락

종심(從心)

『논어』 위정편(爲政篇)에 나오는 말이다.
마음이 하고자 하는 대로 하여도(從心所欲)
법도에 어긋나지 않았다(不踰矩)

종심이라네.
마음이 시키는 대로
마음이 하고자 하는 대로
마음이 원하는 대로 하여도
법도를 벗어나지 않았다
언제, 어디서, 어떻게 행하든
일정한 법도가 있었다는 뜻이니

종북(從北)이라네
높은 자리 앉으려면 어떠한 고난과 시련
볼멘소리에도 맞서 싸워야 한다며,
불통에 진절머리가 나면서도
그냥 우린 숨 쉬고 있으니
노조 파업은 종북이라 욕하고

대학생의 안녕하십니까는 외면하는
웃지 못 할 일들의 착각 속에 빠져
또, 종북몰이에 희생양이 된다

종박(從朴)이라네
독재자의 그림자가 지배하는 땅에서
죽은 독재자를 신으로 밀어 올리려는
산 자들의 욕망이 지배하는 땅에서
독재자를, 반인반신으로, 구국의 결단으로
아버지 대통령 각하라고 목 놓아 찬양하면서

오호라, 나는 비록 시골에 살지만,
마음이 하고자 하는 대로 하여도(從心所欲)
법도에 어긋나지 않으니(不踰矩).
종북도 아니고 종박도 아니고
그래, 종심이라네

재앙을 잉태하는 자들

— 헛된 것을 믿고 거짓을 이야기하며 (이사 59, 4)

가을도 가기 전에
비 오다가 눈이 온다

온갖 불법과 부정과 거짓의 시대
드러난 진리를 거짓으로 숨기고
증거와 함께 드러나는 부정을
안보라는 이름으로 대낮에
은폐하려고 하려는 세상

진실을 조작하고 은폐하기 위해서
소신 있게 일했던 동료들을 쫓아내고
보이지 않는 힘으로 재갈을 물리니
정의는 어디로 갔으며
진실은 어디서 찾으란 말인가

파견 근무와 비정규직을 통해서
노동자의 삶을 파괴하고
합법적인 권리를 외치는데도

불법으로 매도하고 법외노조로 만드니,
정의로써 소송을 제기하는 이가 없고
진실로써 재판하는 판관(判官)이 없고
헛된 것을 믿고 거짓을 이야기하며
재앙을 잉태하여 악을 낳는 자들

성역 없는 수사는 수사(修辭)일 뿐,
악을 낳은 자들은 결코 벌 받지 않는다
날조와 억지, 소름끼치는 웃음
누군가, 거짓으로 덮으려고 하니

겨울도 오기 전에
눈 오다가, 비가 온다

대낮, 길을 잃다

낯설고 무서운 잿빛 하늘 아래
버스에서 내린 오후의 옥인동 거리
아득한 70년대 언저리 같은 거리
어디인가, 자하문(紫霞門)길, 효자동 같은
정말 여기가 서울인가.

꿀사과를 바구니에 담아 파는 노점상,
제주산 은갈치 나란히 걸쳐놓고
5천 원에 파는 봉고 트럭이 낯익다
정말 어디로 가야 하나
시간을 거슬러 올라가는 듯한
풍경, 여기가 서울이란다.
무서워라, 이 정적은 무엇인가
대낮에 길을 잃었네

잔뜩 웅크린 제복의 사람들이
무전기를 들고 눈발 속에 서성인다
유신이란 망령(亡靈)의 독재 속에서
얼마나 많은 고난의 세월을 보냈는데

아직도 여기는 70년대인가, 80년대인가

아무렇지도 않게, 날조와 억지로
달콤한 거짓으로, 소름끼치는 웃음으로
역사의 수레바퀴를 거꾸로 돌리려는
철면피한 현실이 웃고 있다

늙은 마담이 지키는, 트롯 가요도 없이
편안히 앉아 신문을 뒤척이며
언 몸 녹일 수 있는 다방도 없이
찾아도 둘러봐도 낯선 서울의 거리
무서워라, 이 고요
대낮에 길을 잃었네.

김창규

읽히지 않는 시를 쓰지 말랬다

슬픔이었다가 이제는 슬픔을 지나 분노의 함성이 되었지
시를 읽자 들리나 울부짖는 그 목소리의 주인공이 누구인지
죽어가면서 말했지 시는 상처가 되어 지워지지 않는다고
시를 쓴다고 하는 것은 양심을 속이는 것이라고 혁명이 아니면
절대로 시를 써서는 안 된다고 너는 계속 혁명을 강조했지
시가 할 수 있는 일은 혁명도 아니고 세상을 변화시키는 것도
다만 시는 고단한 사람들에게 생수 같은 물 한 잔이면 되고
시는 꾸미고 장식하는 말장난 언어가 아니라고 말하였지
진실을 말하는 학교 아침 가방을 메고 가는 학생들을 위해
가짜 시를 쓰지 말라고 말했지 주위를 둘러봐 무엇이 보여
시를 쓰지 말라면서 시를 써서 혹세무민 하는 것들에게
시인이라고 말하지 마 부끄러운 거야 시를 쓴다고 하는 것은
시는 혁명을 위한 것도 아니야 다만 가슴을 아프게 파고드는
슬픈 말일 뿐이야 기쁨이 슬픔이 될 때까지 시를 쓰지 마라

마당 쓸기

온갖 기쁨과 슬픔을
넓은 마당은 그 모든 것을
어렵지 않게 받아들였다
그것이 어떤 종류이던

민들레 꽃씨가 날아들고
꽃잎이 뜰에 떨어지고
마당 가득 햇빛 충만한 오후
봄꽃이 바람에 지고 마당 절반
꽃들이 지는 그늘 아래서
마당은 텅 비기 시작했다

꽃들이 지고 난 다음
비가 내리고 빗방울에 얼굴 따가운
뜰에 벌레 우는 밤
꽃잎이 마당에 쌓이고
마당을 쓰는 손에 계절이 바뀌었다

인생 역정을 쓸고 있는 눈

책갈피 넘기며 지난날을 돌아보는
담장 한구석 매년 꽃을 피우던
북풍한설 비바람 맞으며 말없이 선 나무는
혼자서 꽃 진 마당을 쓸고 있다
쓸쓸한 노년의 빈손이여

바다 바다여 후쿠시마여

죽어가는 시를 깨우기 위하여
강물을 담아 둔 강둑을 거닐며
노래하라 흐르지 못하는 눈물을
하얀 뼈가 드러난 모래사장은
노을에 시들어 버렸는지 반짝이지 않고
바다는 더 이상 노래하지 않았다

누구지 바다를 삼킨 시인의 눈
아주 멀리 고통은 잠시 사라지고
떠오르는 몸 속 흥분을 배출하는
홍일점 붉은 파도는 가슴을 뛰게 하나
바위섬 멀리 배가 들어오고
바다는 막힌 강을 향해 올라오고
시를 쓰기 위해 바다를 채우고

읽히지 않는 노래를 쓰기 위해
등대를 세운 강 하구 바다에는
바다 바다여 우는 공포의 거대한

폭풍우가 몰려왔지 그리고 일시에
모든 것을 정지시킨 죽음

불덩어리 바다에 돌을 던지는
시인은 죽은 시를 깨우기 위해
지진으로 바다가 뒤집히는 가운데
푸른색 잉크로 시를 쓴다
바다 바다여 깨어나라

구럼비 강정 너럭바위 앞바다
해군기지 반대 깃발의 바다여

노란 리본

노란 리본들
말없는 침묵의 어버이들이
슬픔의 액자를 들고
머리 숙여 허리 굽혀 삼보일배
한걸음 또 한걸음
바다를 향해 걸어들어 갔다

봄날은 너무 잔인했다
즐거움이 만발한 아이들의 꿈은
어른들이 파 놓은 검은 바다 구멍으로
블랙홀처럼 빨려들어갔다
세상에 없는 귀한 보석들이
곽에서 주르르 쏟아져
주울 새도 없이 사라졌다

악마들이 만든 유람선 한 척
금은보화를 찾아 가득 실은
요정들이 탄 배가 포탄에 맞았다

꽝 배가 한 쪽으로 쏠렸다
구조선이 왔다 신기루였다
오아시스는 사라졌다

노란 리본의 바다
침몰하는 장면을 보여주는 텔레비전
뉴스의 헤드라인은 전원 구조
안산 단원고교 제주도 수학여행
노랑어리연꽃들이 바다에 빠졌다

수천 수백만 개 맑은 영혼의 꽃들은
슬픔을 기도하지 말라 한다
억울한 죽음이 없게 법을 만들어
진실을 밝혀라 말한다
아이들은 리본의 바다가 되었다

백두산을 걷다

해와 달이 눈부신 날에

황톳길 자작나무 숲에 꽃들을 찾아

그 옛날 독립군이 되어

홀로 숲을 헤매던 나는 별을 보았다

아 찬란한 역사의 발등상*이 산이여

혁명의 시는 필요 없다

조국은 본래부터 하나였다

내가 죽고 만 백성이 산다면

총을 들고 아니 죽창을 들고

백두산 민란에 가담하리라

열여섯 살에 인민군이 된 시인아

조국이 해방되지 않은 남녘을 버리지 않고

너는 백두산의 시인이 되어

온몸으로 하나가 되었지

장엄하게 떠오르는 해를 맞이하는

장군봉 꼭대기의 보름달은

조국의 산하를 비추다가

드디어 만나는 것이지

혁명의 날 백두산을 걷는

시의 전사여 어머니의 꿈은

얼마나 행복한 나라인가

* 발등상 : 히브리어 '하돔' 의 번역어. 발을 올려 놓을 수 있도록 만들어진 받침대.

김희식

조팝꽃 필 무렵

다 털고 가벼워지는 것이

버스를 타면

바보들의 어머니 작은 천사여

들꽃 눈부시다

조팝꽃 필 무렵

예전 같지 않게

술 몇 잔에

툭하면 몸이 무겁다

저 혼자 살면서도

이렇게 몸이 아파지면

내려놓을 것이 많아

마음만 바쁘다

밤새 온몸 달떠

베갯잇 적시며

돌아보는 삶의 뒤안길

설핏 꿈결에 잠겨

그려보는 얼굴

투명한 아픔이여 상처여

새벽은 벌써 문 앞에 서성인다

조팝꽃 필 무렵

하늘 낮게 나는 새

자꾸만 뒤돌아본다

그리워 운다

다 털고 가벼워지는 것이

늦가을 빈 밭에
바람 벗하여 누운 회색빛 후회
이제야 햇살 한줌 잔기침하고
잘 늙은 나무 등걸에
반짝이는 눈물

살며, 서로 등 기대며
껄껄껄 세상에 맞선 날들 속에
차마 감당할 수 없어 외면해버린 날들
휑하니 무정한 슬픔에
허허한 풍경만 우우 울며 서 있다

빈 가슴 차가운 입맞춤으로
설렌 몸부림의 아름다운 절망
내려놓을 그 무엇도 없구나
흘려보낼 그 무엇도 없구나
그리 서럽게 부르는 노래여

다 털고 가벼워지는 것이

피어 흔들리며 살다 지는 것이

이토록 슬프게 좋은 것일까

촛불 하나 우리 사이 켜도

이토록 눈물 나게 좋은 것일까

산다는 것이 이리 푸르른 밤이거늘

다 털고 가벼워지는 것이

피어 흔들리며 살다 지는 것이

젖은 강에 새 발자국 남기는 것이

뒤돌아 나를 바라볼 수 있음이

버스를 타면

버스를 타면 냄새가 난다
악다구니로 사는 사람들의 땀 냄새며
담뱃내 전 사랑방 냄새
이슬 젖은 누나의 머릿결 냄새가
물씬 바람에 풀풀대며 흔들린다

버스를 타면 고향이 보인다
정류장 감나무 홍시가 얼굴 붉히고
삶이 피곤한 사내들은 노을 아래서 담배 피운다
오래된 좌석에 앉았다 일어서는
풍금 빛 얼굴들이 차창에 흔들린다

버스를 타면 소리가 들린다
농약 먹고 죽겠다고 흐느끼는
칠규네 어머니의 녹슨 소리가 들리고
공장에서 일하던
옆집 형의 끊어진 손가락의

낡은 신음이 터덜터덜 들린다

버스를 타면
차창에 비추이는 희미한 얼굴
사라지듯 스치는 고단한 삶들이
멀리 손짓에 코스모스처럼 아른거리고
기억으로 새 울고 꽃 피었다 진다

버스를 타면
눈물이 난다

바보들의 어머니 작은 천사여

어머니
불꽃들이 타 오릅니다
활활 가슴 불태우는
당신 바보 아들들이 청계천 뚝방 길에서
온몸 불사르며 외치고 있습니다

지금은 당신 아들 흔적조차 찾을 길 없는
번쩍 휘황한 청계천
그 길 아래 어둔 골목
바보 아들 불태워 가슴에 묻고
평생 눈물로
흠뻑 적신 품으로 사시던
작은 선녀라는 이름, 이소선
우리의 어머니여

스물두 살 불꽃, 가슴에 태운
당신이
남몰래 눈 뒤집히게

아파한 것은, 그리워한 것은
무엇이었습니까

그것은 당신 바보 아들
전태일이 불타오르며 외친
근로기준법이 아니었습니다
이 땅 젊은 청년들이 목숨을 걸며 싸운
민주주의도 아니었습니다
그것은 노동자도 사람답게 사는 평등의 세상
더 이상 죽임의 눈물이 없는 평화의 세상
고단한 삶들이 따습게 살아갈 수 있는 대동 세상
바로 그것이 당신의 바람이었고
이 땅 어머니들의 그리움이었습니다

어머니 진정 당신은
바보 우리들의 어머니였습니다
우리가 커다란 벽과 맞서 싸우는 곳마다
가진 자들의 폭력에 힘없이 쓰러질 때마다

공장 밖 도로에서 무참히 매 맞고 피 흘릴 때마다
우리가 있다 자식들아 힘내라
어머니 당신은
아픈 몸 이끌며 그곳에 항상 계셨습니다

어머니
당신의 빈자리
포클레인 삽날에 뜯겨나간 농성장 문 되어
우두두 곤봉 세례 머리를 내리칩니다
정신없이 짓밟는 폭력으로 다가옵니다
힘내세요 제발 죽지만 마세요 하나가 되면 삽니다
어머니 당신의 절규 하늘에서 다가와
골리앗 크레인 꼭대기에 매달린
피투성이 새벽 햇살 되어 우리를 일으켜 세웁니다

그렇게 당신은 살아 계신 것만으로도
고향이었습니다 희망이었습니다
우리들의 울타리였습니다. 사랑이었습니다

노동자의 어머니 바보들의 어머니
가소서. 그대 가시는 이 길
차마, 뒤돌아보며 가시는 어머니
편히 짐 내려놓으소서

보고싶습니다. 사랑합니다
어머니, 우리 모두의 작은 천사여

들꽃 눈부시다

쓸쓸한 봄날

깨어진 술병 너머

가끔 낮은 울음으로 찾아드는 그곳

풀섶에 고이는 고단한 노동과

낮게 깔린 지붕에 매달린

한 그릇의 밥과 사랑

야윈 강둑

부스러진 흙더미 위

차마 구겨진 신문의 아우성

겨우내 앓던 하얀 그리움으로

마른 슬픔으로

한바탕 봄 하늘 뒤척이는 것

얼마나 비 내리고 바람 불어야

얼마나 더 남 몰래 울어야

뜨겁게 활활 피어오를 수 있을까

가만 눈 마주치며

출렁 다가서는 황홀한 두려움

사내들의 질끈 감은 눈에서

뚝뚝 떨어지는 햇살

들꽃 눈부시다

도종환

사랑해

깊은 슬픔

화인(火印)

광화문 광장에서

눈물

사랑해

생의 최고의 순간에 이 말을 선택한다
가장 높은 곳까지 올라갔던 열망은
이 말을 누가 시키는지 안다

생의 마지막 짧은 순간에도 이 말을 선택한다
운명이 순식간에 연소하는 찰나의 시간에
침몰하는 배 안에서 오직 한 사람을 향해
있는 힘을 다해 이 말을 선택한다

구름보다 더 오래 하늘 위에 떠다니리
바다 깊은 곳의 물결보다 더 오래
지구 위에 출렁이리

사랑해
이 최후의 말

깊은 슬픔

슬픔은 구름처럼 하늘을 덮고 있다
슬픔은 안개처럼 온몸을 휘감는다
바닷바람 불어와 나뭇잎을 일제히 뒤집는데
한줄기 해풍에 풀잎들이 차례차례 쓰러지듯
나도 수없이 쓰러진다
분노가 아니면 일어나 앉을 수도 없다
분노가 아니면 몸을 가눌 수도 없다
기도가 아니면 물 한 모금도 넘길 수 없다

맹골도 앞 바닷물을 다 마셔서
새끼를 건질 수 있다면
엄마인 나는 저 거친 바다를 다 마시겠다
눈물과 바다를 서로 바꾸어서
자식을 살릴 수 있다면
엄마인 나는 삼백 예순 날을 통곡하겠다
살릴 수 있다면
살려낼 수 있다면
바다 속에 잠긴 열여덟 푸른 나이와
애비의 남은 날을 맞바꿀 수 있다면

지금이라도 썰물 드는 바다로 뛰어들겠다
살릴 수 있다면
살려낼 수 있다면

사월 십육일 이전과
사월 십육일 이후로
내 인생은 갈라졌다

당신들은 가만히 있으라 했지만
다시는 가만히 있지 않을 것이다
가만히 있는 동안 내 자식이 대면했을 두려움
거센 조류가 되어 내 자식을 때렸을 공포를
생각하는 일이 내게는 고통이다
침몰의 순간순간을 가득 채웠을
우리 자식들의 몸부림과 비명을 생각하는 일이
내게는 견딜 수 없는 형벌이다
미안하고
미안해서 견딜 수 없다

내 자식은 병풍도 앞 짙푸른 바다 속에서 죽었다
그러나 내 자식을 죽인 게
바다만이 아니라는 걸 안다

그 참혹한 순간에도
비겁했던
진실을 외면했던
무능했던
계산이 많았던 자들을 생각하면
기도가 자꾸 끊어지곤 한다
하느님 어떻게 용서해야 합니까 하고 묻다가
물음은 울음으로 바뀌곤 한다

이제 혼자 슬퍼하면
세상이 달라지지 않을 것 같아서
함께 울겠다
파도가 다른 파도를 데리고 와
하얗게 부서지며 함께 울 듯
함께 울고 함께 물결치겠다

함께 슬퍼하는 이들이 없었다면
내가 어찌 걸어다닐 수 있으랴
그들 아니면 내가 누구에게 위로받을 수 있으랴

정작 잘못한 게 없는 많은 이들이
미안해하며 울고 있지 않은가
그들의 눈물이 내 눈물이란 걸 안다
그들의 분노가 내 분노라는 걸 안다
그들의 참담함이 내 것인 걸 안다
이 비정한 세상
무능한 나라에서
우리가 침묵하면
앞으로 또 우리 자식들이 죽을 수 있다는 생각에
노란 리본을 달고 또 단다는 걸 안다

내 자식은 병풍도 앞 짙푸른 바다 속에서 죽었다
오늘도 슬픔은 파도처럼 밀려와 나를 때린다
오늘도 눈물은 바닷물처럼 출렁이며 나를 적신다
한 줄기 바람에도 나는 나뭇잎처럼 흐느낀다

화인(火印)*

비올바람이 숲을 훑고 지나가자
마른 아카시아 꽃잎이 하얗게 떨어져 내렸다
오후에는 먼저 온 빗줄기가
노랑붓꽃 꽃잎 위에 후두둑 떨어지고
검은등뻐꾸기는 진종일 울었다
사월에서 오월로 건너오는 동안 내내 아팠다
자식 잃은 많은 이들이 바닷가로 몰려가 쓰러지고
그것을 지켜보던 등대도
그들을 부축하던 이들도 슬피 울었다
슬픔에서 벗어나라고 너무 쉽게 말하지 마라
섬 사이를 건너다니던 새들의 울음소리에
찔레꽃도 멍이 들어 하나씩 고개를 떨구고
파도는 손바닥으로 바위를 때리며 슬퍼하였다
잊어야 한다고 너무 쉽게 말하지 마라
이제 사월은 내게 옛날의 사월이 아니다
이제 바다는 내게 지난날의 바다가 아니다
눈물을 털고 일어서자고 쉽게 말하지 마라
하늘도 알고 바다도 아는 슬픔이었다

남쪽 바다에서 있던 일을 지켜본 바닷바람이
세상의 모든 숲과 나무와 강물에게 알려준 슬픔이었다
화인처럼 찍혀 평생 남아 있을 아픔이었다
죽어서도 가지고 갈 이별이었다

* 화인(火印) : 쇠를 불에 달구어 살에 찍는 쇠도장.

광화문 광장에서

고통은 끝나지 않았는데 여름은 가고 있다
아픔은 아직도 살 위에 촛불심지처럼 타는데
꽃은 보이지 않는지 오래되었다
사십육일만에 단식을 접으며 유민이 아빠 김영오씨가
미음 한 숟갈을 뜨는데
미음보다 맑은 눈물 한 방울이 고이더라고
간장빛으로 졸아든 얼굴 푸스스한 목청으로 말하는데
한 숟갈의 처절함
한 숟갈의 절박함 앞에서
할 말을 잃고 서 있는데
한 숟갈의 눈물겨움을 조롱하고 야유하고 음해하는
이 비정한 세상에 희망은 있는 것일까
스스로를 벼랑으로 몰아세운 고독한 싸움의 끝에서
그가 숟갈을 물끄러미 쳐다보고 있을 때
미음보다 묽은 눈물 한 방울이 내 얼굴을 올려다보며
이 나라가 아직도 희망이 있는 나라일까 묻는데
한없이 부끄러워지면서
무능하기 짝이 없는 생을 내팽개치고 싶어지면서

넉 달을 못 넘기는 우리의 연민
빠르게 증발해 버린 우리의 눈물
우리의 가벼움을 생각한다
그 많던 반성들은 어디로 갔는가
가슴을 때리던 그 많은 파도소리
그 많은 진단과 분석
나라를 개조하자던 다짐들은 어디로 가고
자식 잃은 이 몇이서 십자가를 지고 이천 리를 걷게 하는가
팽목항으로 달려가던 그 많은 발길들은 어디로 흩어지고
증오와 불신과 비어들만 거리마다 넘치는가
맘몬의 신을 섬기다 아이들을 죽인 우매함으로
다시 돌아가자는 목소리
사월 십육일 이전의 세상으로 다시
물길을 돌리려는 자들의 계산된 몸짓만 난무하는가
이런 어이없는 비극이 되풀이되지 않는 나라를
만들자는 게 과도한 요구일까
내가 이렇게 통곡해야 하는 이유를 밝혀달라는 것이
슬픔의 진상을 규명하고

분노의 원인을 찾아달라는 것이
그렇게 무리한 요구일까
나라는 반동강이 나고
희망은 갈기갈기 찢어지고
미안하고 미안하여 고개를 들 수 없는데
어젯밤엔 광화문 돌바닥에 누워 어지러운 한뎃잠을 자고
하늘을 올려다보고 땅을 굽어보며
다시 초췌한 눈동자로 확인한다
여기는 수도 서울의 한복판이 아니라
고통의 한복판이라고
이곳은 아직도 더 걸어올라가야 할 슬픔의 계단이라고
성찰과 회한과 약속의 광장이라고
아직 아무 것도 끝나지 않았다고
이렇게 모여 몸부림치는 동안만 희망이라고
꺼질듯 꺼질듯 여기서 몸을 태우는 동안만 희망이라고
정갈한 눈물 아니면 희망은 없다고
정직한 분노 아니면 희망은 없다고

눈물

눈물이 하는 말을 들어라
네가 아픔으로 사무칠 때
눈물이 조그맣게 속삭이던 말을 잊지 마라
눈물이 네 얼굴에 쓴 젖은 글씨를 잊지 마라
눈물은 네가 정직할 때
너를 찾아 왔었다
네 마음의 우물에서
가장 차가운 것을 퍼 올려
너를 위로하고
너를 씻겨주었다
네 눈물을 기억하라
눈물이 네게 고백하던 말의
그 맑은 것을 잊지 마라

배창환

바람 한 줄기

이 시대의 교실 풍경 · 1

세월호, 이후

그 사람

식물인간형(植物人間型)

바람 한 줄기

두 살짜리, 형님 손자 용이가
검지 하나로 제 할아버지를 끌고 간다
마법에 걸린 듯 너털웃음으로 꼼짝없이 따라가는 형의 모습이
다섯 살 적, 사진 안 찍는다고 울며
오만상 찡그려 붙이다 찍힌 모습과는 영 딴판이다
안방 문지방 위에는, 그 형이 커서 낳은 아이가
야산 냇가에서 발가벗고 오줌 싸질러 넣는 사진이 걸려 있고
그 꼬마가 커서 낳은 아이가 용이다
삼대에 걸친 그림 주인공들은 모두 합동이거나 닮은 꼴,
그 사이에 바람 한 줄기가 흘렀을 뿐이고
배경이 살짝 달라져 온 것뿐이다
사는 게 별 것 아니라던, 어른들의 말을 기억하는
내 입에서도 그 말이 느닷없이 불쑥 튀어나온다
그런 나도 벌써 그때 그 어른들보다 더 오래 살았다

이 시대의 교실 풍경 · 1

1

반 아이 하나 교실을 나갔다
– 가지 마, 가지 마!
아이들이 응원하듯 입을 맞춰 노래해도
책가방을 둘둘 싸서 둘러메고
인사말조차 남기지 않은 채 뛰어나오는 그 아이의
발걸음은 춤추듯 가벼웠다

처음으로 방긋, 웃었다

그리고 나는 듯이 복도를 돌아 사라졌다

수업 종이 울렸고, 아무도 그를 붙들거나 배웅하지 않았다

2

자퇴서 챙기고
결재 서류 준비하는 이튿날 아침, 아이 엄마에게서

숨넘어가는 전화가 왔다

– 간대요, 선생님! 우리 애 학교 간대요!

……

돌아온 아이 앞에

아이들은 별로 놀라지도 않았다

세월호, 이후

이 나라 선생님들은 아무도 없는 곳에서 자기와 마주할 때
한 번쯤은 몰래 자문해 보았으리라
내가 그 자리 아이들 수학여행 인솔하고 있었다면
죽었을까……
살았을까……

옆 자리 한 여선생님은
아마도 아이들과 같이 거기 남았을 거라 하고
다른 한 선생님은, 어찌어찌해서 살아남았을지도
모르겠다 말하지만, 어쩌면 나는

살아서, 살아온 **나를 저주하며**, 시나브로 죽어갈까……
죽어서, 이 철면피한 **세상을 저주하며**, 살아갈까……

가슴팍으로, 바람을 싹둑 가르는
섬뜩한 칼끝이
깊숙이 휘젓고 달아난 듯 서늘하다

누구 말마따나 이제 우리는

제대로 갈 데까지 가는 중인가

아니면 캄캄한 시궁창 바닥을 치고 오르는 중인가

그 사람

— 김창환 선생님께

굴종의 산을 옮기려다
마침내 산이 되어버린 사람,

언제나 자신에게 가장 먼저
무거운 채찍을 들이대던 사람,

심장엔 푸른 불꽃 담은 청년,
함박웃음으로 세상 따뜻이 밝혀주던 사람,

흐르는 물에 얼굴 비추지 않고
두고 가신 세상 마지막 밤,
휘영청 정월 대보름달에도 비추지 않고
그가 걸어온 길에 비추어 보면
마음 한없이 부끄럽고
불편하게 만드는 사람,

아, 그 사람,
생각하면 왠지 자꾸 눈물 나는 사람

식물인간형(植物人間型)

책보다는
책상 냄새가 너무 좋아
하루 종일 상판에 얼굴 파묻고 자는 아이,
네 꿈이 대체 뭐냐는 담임 물음에
– 식물인간 되고 싶어요!
하더라는데

그 말 듣고 와르르 무너지다
문득 떠오른, 오늘 아침 인터넷 뉴스
– 한국, OECD 국가 중 자살률 10년째 1위!

웃음이 목에, 덜컥, 걸렸다

정대호

매화꽃

땅위의 집을 비워내며

할배는 콩을 심고 비둘기는 콩을 먹고

팽목항의 사진을 보며

월드컵 축구를 보다가

매화꽃

춥다고 어찌 입 다물고만 있으랴
하얀 꽃망울이 찬바람에 으스스 떤다
그래도 때가 되면 꽃망울을 터뜨린다
입 활짝 열고 파르르 떤다
가난한 향기를 머금었다 풀면
바람이 그 맑은 향기를 가득 머금고 퍼진다
추워도 입 활짝 열고
고개 들고 당당히 서 있으리

땅위의 집을 비워내며

— 아버지 집 이삿짐을 싸면서

아버지라는 이름으로 된
마지막 집
그 집을 팔기 위해 짐을 싼다
땅위의 발자국들은
남은 사람들의 짐이 될까
그 발자국의 흔적들을 지우려고
남겨야 할 것보다 버려야 할 것들을
찾아내는 짐
버리고 나서 마음이 더 가벼워지는 짐

밤 내내 짐을 싸면서
짐을 싸지 못한다
10년 전, 먼저 떠나신 어머님이
곱게 빨아 손수 장만하여 넣어 둔
한 번도 입은 적이 없는
모시 고의적삼, 삼베 고의적삼
삼베 두루막
덮은 적이 없는 삼베 홑이불

장롱 서랍만 10년 넘게 지켰는데
버려야 할 짐 속에 넣었다가
남겨야 할 짐 속에 넣었다가
들었다가 놓았다가
들었다가 놓았다가……

어머님이 돌아가시기 전
얘야, 여름에 무슨 일이 있거든
이거 꺼내 너희 형제들 상복해라
너거 아버지 젊을 때 입던 것인데
다 버리고 몇 벌만 남겨 두었다
버리지 말고 쓰거라
요즈음 시장 상복보다는 훨씬 낫다
풀을 먹여 다림질하여
장롱 속에 곱게 보관해 놓은 것

장례식장 유리 진열대 속
편리한 상복들이 보이면서

이걸 누가 입으려고 하겠나
아내의 얼굴이 얼핏 스치며
집안 어지럽게
구질구질하게 …
내 마음 속 청개구리가 얼른 일어나
버려야 할 물건 속에 던져두고
밤 내내
짐을 싸지 못한다
어머니의 얼굴이 자꾸만 보여서

땅위의 발자국들은
남은 사람들의 짐이 될 것 같아서
남겨야 할 것들을 챙기면서
버려야 할 이유들을 먼저 찾는다

할배는 콩을 심고 비둘기는 콩을 먹고

허리 굽은 할배와 할매가
콩을 심는다
기계에 콩을 담고
바퀴가 철커덕철커덕
이랑 따라 왔다가 이랑 따라 간다
머리가
손잡이 위에 있다가
손잡이만큼 내려왔다가
손잡이 아래로 내려가면
할배가 기계를 놓고
밭두둑에 앉아 쉬고
할매가 기계를 잡는다
발자국 따라 머리가
위에서 아래로 다시 아래로
할배가 다시 기계를 잡았다가
다시 할매가 기계를 잡았다가
……

어느덧
콩밭에는 막대기를 줄을 지어 꽂고
하얀색, 검은색 비닐이 묶인다
허수아비들이 서서
순서대로 온몸을 흔든다

한참 후에는
비둘기들이 멀리서 날아와 식사를 한다
한 가족, 두 가족, 세 가족, 네 가족……
땅을 향해 부리로 콕콕 찍는다
다음날도 그 다음날도 그 다음날도……
비둘기는 하수아비와 장난치고 놀며
식사를 한다 아침에서 밤까지
아침에서 밤까지

그러다가 어느 날부터
비둘기는 오지 않는다
비둘기의 발자국만 남아서 콩밭을 지킨다

그 적막을 깨고

콩잎들이 줄을 지어 땅위로 올라온다

나날이 푸르게 짙어간다

콩을 심어서

그래도 콩이 자라는 콩밭이다

팽목항의 사진을 보며

— 『내일을 여는 작가』 65호(2014년 여름호)를 보고

엄마들이 줄을 지어
바다를 보고 섰다
눈앞에 잠겨버린 배
눈앞에 떠 있는 배
그 배 너머 흐릿하게 서 있는 섬, 섬, 섬……

돌아오겠다 하고 집을 떠난 아들들
돌아오겠다 하고 집을 떠난 딸들
돌아오겠다 하고 집을 떠난 아버지들, 어머니들

돌아오지 않을 것 같아서
돌아올 수 없을 것 같아서
먼 섬처럼 멀어질 것만 같아서
소리 내어 불러보고
소리 죽여 불러보고
소리 없이 불러본다

경찰들은 줄을 지어 땅을 보고 섰다

미안하다 미안하다 땅을 보고 섰다

바다는 출렁출렁 그리움으로
밀려오고
바다는 파랗게 물깊이로 막고 섰다
그렇게 짧은 거리가 그렇게 먼 거리가 되어
아들아, 딸아, 아버지, 어머니,

바다를 바라보고 서 있는 사람들은
땅을 향해서 미안하다 미안하다
이렇게 살아 있어서 미안하다
땅을 향해 서 있는 사람들은
마음속을 향해서 미안하다 미안하다
이렇게 가슴으로 보고만 있어서 미안하다

월드컵 축구를 보다가

— 브라질 월드컵 축구

프랑스나 네덜란드 같은 나라들이
축구하는 것을 보다가
백인과 흑인들이
서로 사이좋게 공을
주거니 받거니
상대팀의 수비 선수들을 압박하며
앞으로
앞으로
가는 것을 보다가

저들 나라에서는
흑인과 백인들이 서로 만나
내 것 네 것 주거니 받거니
서로 사이좋게 살 것만 같아서
인생살이가 험하고 힘들면
서로 거들어주고 손잡고 일으켜줄 것만 같아서
가진 사람들도 못 가진 사람들도

서로 어우러져 손잡아 당겨주고 밀어줄 것 같아서

세상에 그런 아름다운 일이
꼭 어딘가는 있을 것 같아서
그런 아름다운 나라가 어딘가에는
있을 것 같아서
있을 것
있을 것만 같아서

정원도

먼동

부라부랴 밤 열차 타고 동대구역 내려
지하철로 갈아타는 먼 행로
칠성시장 지나 대구역–반월당–명덕 지나
안지랑역에서 내린다
내 태가 묻힌 곳 반야월 가는 길 반대편
어릴 적 부스럼이 많아 공일날이면
마부 아버지의 쉬는 말 대신 붙들려
앞산 개천에 멱 감으러 가던 길
10여 년을 원인 불명 질환으로 고생하다
청춘조차 채 넘기지 못한 조카의 영정 앞에
당숙이 거꾸로 문상 가는 길
울지 마라 죽음은
또 다른 생의 강을 건너는 일이다
조금 빨리 가야 하는 자를 보내야 하는
서투른 아픔일 뿐이다
칠흑 같은 강물이거나 따사로운 햇살을 밟고
그 물위를 먼저 건너본 붉은 심장은
이미 다 보았다

새벽안개에 휘덮인 앞산의 이마를

자애로운 눈빛으로 쓸어주는 명덕공원

생은 떠나는 것조차 치열하게 대기하며

줄지어 흐느끼는 운구차들을 달래주어야 하느니

희뿌연 어둠속에서 아직도

불의 차례를 기다리기에는 너무 젊은 영정 곁에서

잠에 지쳐 졸며 서 있는 어린 상주의

저 엷은 미소야말로 고이

우리가 다시 맞아야 할 위대한 먼동이다

어머니의 주민증

어머니의 경로당 연세는 실제보다 일곱 살이나 많아서
당신보다 위인 할머니들도 깎듯이 형님하며 따르는데
어찌 그리 정정하실까 다들 탄복하지만
어머니 나이가 더 많아진 사연은 발설할 수가 없다

식민지 시절 행방불명된 언니와
해방 후 사라진 오빠를 사망신고한다는 것이
첩첩산골 머나먼 길 면사무소 직접 가지는 못하고
면서기 아는 인편에 부친 것인데
어머니는 언니 이름으로
남동생은 오라버니 이름으로 잘못 정리된 탓이다
죽었을 거라던 언니는 해방이 되자 되살아 나타나
부득이 쌍둥이로 둔갑이 된 것이라는데
그 이모 식민지 어디로 끌려다니다 돌아오셨는지는
일절 내막을 밝히지 않으시고
아무도 묻지 않는 것이 공공연한 예의가 되었다
사라진 외삼촌은 언제 다녀가신 줄도 모르게
온 식구 전쟁 통에 피난 갔다가 돌아와 보니

외할아버지 빈소에 고기 국, 쌀밥 한 고봉과
인민복 한 벌이 정갈하게 올라 있어
외할머니 퍽퍽 속눈물 쏟으며 큰아들 다녀간 줄 예감한 즉시
남의 눈 피해 그 군복 불사르고 절대 함구했다는데
사라진 외삼촌 때문에 외할아버지 생시에 해거름 어딘가로 붙잡혀가서는 밤새 무슨 곤욕을 치르셨는지조차 가슴에 다 묻고 떠나신 것인데

외삼촌은 형님의 이름으로 산판을 다니고
어머니는 언니의 이름으로 남의 집으로 전전
뒤늦게 되살아온 언니는 집에서 부르던 이름으로 다시 살고
위안부라는 말이 무엇인지는 아무도 모르는 척 이모는 밭고랑 호미질로 구순 코앞까지 잘도 견디어 오신 것이다

어머니의 육소간

아버지의 마차가 트럭에 밀려 사라질 즈음
반야월 역전 후미진 진열장에는
벌건 피가 듬성듬성 응집된 돼지나 소다리 몸통이
혼돈의 죽음을 뚫고 내걸렸다

허벅지나 옆구리 싱싱한 비계를 관통하는
시커먼 갈고리의 포로가 되어
먼지 풀풀 뒤집어 쓴 채 오래도록 달려온 시골길
지나가는 시외버스의 경적에 놀라

칼집도 안 먹히도록 경직된 근육을 감춘 채
글자도 모르는 어머니의 외상 장부는
성냥개비나 당신만 아는 남몰래 기억법으로
기록되었다

각산동 셋집에서 역전을 무단횡단하며
찌그러진 오봉 밥상이나 끼고 나르다가
철길에 걸려 넘어지면

막막하던 보리밥이 희미한 달빛에 산산이 흩어져
개망초꽃이 되어 다시 피어났다

처녀 선생님 버스 내리길 기다렸다가
학교까지 동행해주던 행복한 골목길과
아버지의 삐걱거리던 마차와 노쇠한 말과
텁텁한 막걸리 콧노래 채찍질이 한꺼번에 하르르
죽음의 투구를 뒤집어쓴 투구꽃이 되어 피어났다

피 묻은 손으로 갈아대던 투박한 긴 칼과
외상 장부만 노쇠한 이삿짐이 되어 떠돌았다

성벽(城壁)

이순신 장군마저 포위되었다

그를 따르던 어린 자식들 몽땅
세월호에 수장시킨 후
무리들이 최후로 택한 생존의 보루는
화석이 된 지 오래인 광화문
이장군 휘하로 몰려드는 일이었다

걸핏하면 그를 우려먹던 선조의 휘하들이
감히 거북선까지 전경 차벽으로 에워싸니
물샐 틈 없는 차벽이 성벽이 되었다
누구를 보호하자는 성벽이 아니다
누구를 섬멸하자는 수용소의 고루한 담장이 되었다
차벽을 친 자들이, 차벽 안의 장군 휘하를
불순 세력이라 칭하던 지배 전략의 관성이
46일간의 애간장 녹이는 단식을 포위했다
나는 경상도 이념의 고정불변 하수인인
노모와 아내가 만류하는 1차 저지선을 뚫느라

탈진한 정신을 추슬러 다시 광화문으로 나아간다

언제까지나 억압을 탈출하지 못하는 삶은
고루한 수성(守城)에 허물어진 황성옛터가 된다

사이

일찍이 인간(人間)은 사람 사이(間)라고 규정했다
그럼에도 불구하고
지배자는 늘 개별적 존재론만 장려해왔다
역사를 바꾼 모든 사건의 발생은
바로 그 사이에서 기인한 것임을
고의로 무시하거나 조작해왔다

그 첫 번째 반항아가 예수이다
사랑이야말로 가장 확실한 사회적 산물임을
사상을 존재론에만 매달아두는 어리석음은
지배자의 오랜 유전적 세뇌로 습득된
자기통제 방식이다 때늦은 반성이지만
그 사이의 모순과 어긋남을 규명해야 한다

멀쩡하게 날아가던 비행기가 떨어지고
음습한 밀담으로 개조된 배가 침몰하고
틀림없이 잘 제어되던 열차나 지하철이 추돌하고
통제를 벗어난 원전이 해일을 맞아 폭발하고

제국은 제어할 도리 없이 무력으로 시장을 확대하고
그 시장의 불꽃 튀는 약육강식에 땅이 갈라지고
남북극의 빙하가 녹아 대륙과 섬을 삼킬 것이다

세계는 언제나
그 사이의 규명과 예방에 헌신하는 자들을
불온세력이라 탄압하는 저의가 더 불온하다

해설

시대정신에 충실한 문학

—〈분단시대〉 문학동인이 걸어온 길

김용락

1.

〈분단시대〉 문학동인이 한국 문학사에 그 해맑고 수줍은 첫 얼굴을 내민 지 올해로 30년이 됐다. 30년 전의 일을 회상하려니 흑백 필름 영화를 다시 되돌려보는 것 같다. 문학사에서는 통념적으로 30년을 한 세대로 간주하지만, 인생에서 30년은 얼마나 긴 세월인가? 누군가는 죽어서 고인이 되고 누군가는 늙고 불콰한 얼굴을 한 채 평범한 노년을 맞기도 하고 누구는 젊은 날의 빛나던 신념과 결기를 쓰레기통에 처박아 버리고 물질의 풍요에 목이 매인 짐승처럼 울부짖고 있기도 하다. 또 누군가는 여전히 자신이 걸어왔던 사상과 이념의 길을 지치지도 않고 뚜벅뚜벅 걸어가고 있을 것이다.

니체는 『짜라투스트라는 이렇게 말했다』라는 책에서 "나는 모든 글 가운데서 피로 쓴 것만을 사랑한다. 피로 써라. 그러면 그대는 피가 곧 정신임을 알게 되리라."(「독서와 쓰기에 대하여」)라고 말했다. 니체가 짜라투스트라의 입을 빌려 말한 '신은 죽었다'는 이 경구는 중세 종교와 우상의 죽음을 알리는 고언이었고 새로운 세계관과 가치를 창조하는 인간에 대한 위대한 찬가였다. 낡은 가치관을 깨고 노예의 삶을 부수고 일어나는 '초인'에 대한 그의 열렬한 바람은 인류에게 현대 사상의 새로운 이정표를 제공한 것이 분명했다. 그 초인이 반세기가 채 지나지 않은 시간에 한국에 와서는 민족시인 이육사의 「광야」에서 목 놓아 우는 초인으로 환생한 것은 의미심장한 일이다.

1980년대는 니체의 초인도 아니고 이육사의 초인도 아닌 새로운 초인의 출현을 민중들이 목 놓아 기다리던 시대였다. 그 초인을 레닌 식으로 말해 '혁명'이라 해도 괜찮고, 플라톤 식으로 말해 '이데아'라고 해도 좋고, 염무웅 식으로 말해 '민중시대'라 해도 좋았을 법한 그 어떤 실체였다. 아니 '계급해방'이나 '민족해방'이면 어떻고 '인간해방'이면 또 어떠랴. 그 초인을 기다리며 쓴 1980년대의 많은 문학작품은 바로 피로 쓴 글이다. 〈분단시대〉 문학동인지에 발표된 글도 바로 이 피로 쓴 글이다.

알려진 것처럼 1980년 광주항쟁이 있었다. 문화적으로 좁

혀서 본다면 문단의 큰 버팀목이던 『창작과 비평』, 『문학과 지성』, 『뿌리 깊은 나무』 같은 의미 있는 잡지들이 독재자의 손에 의해 강제 폐간되었다. 이어 과학으로 무장한 일군의 학생운동가들과 사회운동가들이 전략과 전술적 차원에서 문화판으로 이전해 왔다. 이들이 일군 텃밭이 바로 1980년대 '시의 시대', '동인지 시대'였음은 이미 많은 문학사가들이 동의하고 있다. 변혁(명)운동으로서 문학이 본격적으로 시작되었다. 이 1980년대 문학운동은 지난 1920~30년대 식민지 시대의 사회주의 문학운동과 사회과학에 젖줄을 대면서 급속이 팽창하였고 자생력을 키워나갔다. 이 와중에 태어난 것이 바로 〈분단시대〉 문학동인이었다. 이미 1982년 광주에는 〈오월시〉 서울에는 〈시와 경제〉라는 문학동인이 출현해 있었고, 대전에는 〈삶의 문학〉(1983)이 막 기지개를 켜고 있었다.

2.

『분단시대』 동인지 1집 『분단시대—이 땅의 하나 됨을 향하여』(온누리)는 1984년 5월 15일이 발행일로 표시되어 있다. 시에는 배창환, 도종환, 김용락, 김종인, 김창규, 김윤현, 김희식, 정대호, 김형근, 평론은 도종환의 「분단 극복의 시」가 실려 있다.

책 내용을 소개하기 전에 〈분단시대〉 결성 전후 이야기(야사)를 조금 말해보겠다. 이것은 전적으로 내 기억에 의존한 것이어서 사실과 부분적으로 다를 수 있다. 다른 게 있다면 동인들이 이 부분을 바로잡아주면 좋겠다.

〈분단시대〉 동인들이 처음 만난 것은 1984년 1월 중으로 기억한다. 교사들의 겨울방학 기간이었다. 대구와 청주 출신의 동인이 만나기 전에 대구에는 배창환, 김재진, 문형렬, 류후기 시인 네 사람이 〈오늘의 시〉(1983)라는 동인을 막 결성했다. 이하석 시인이 주선해서 서로 만나 결성했다고 한다. 배창환의 제의로 이 동인에 김종인과 내가 합류했다. 〈오늘의 시〉 동인은 당시 문단의 관행대로 지방지라도 신춘문예 등을 통해서 모두가 소위 등단한 시인들이었다. 배창환은 1981년 『세계의 문학』으로 등단했고, 배창환과 경북대 사범대 국어과 동기인 김종인은 혼자 경북 울진에서 교사 생활을 하면서 1983년 「흉어기의 꿈」 등의 시로 역시 『세계의 문학』으로 등단한 시인이었다. 그러나 김종인은 지역의 소문단과 접촉이 전혀 없는 문청이었다. 그런데 등단한 사실을 알고 배창환이 나와 김종인을 끌어들였다.

당시 나는 나름 열심히 문학을 좇아다녔지만 미등단 문청 신분이었다.(문청, 미등단이란 용어는 당시에는 보편적으로 쓰였는데 지금 보니 참 어색하고 낯설다. 요즘은 문청이 거의 없고, 작품을 중요하게 생각하지 등단/미등단을 중요하게 생각하지 않는 전반적인 문단의 분위기 때문인지… 지역에서 『예각』이라는 동인지를 내기는 했지만 정식으로는 미등단 신분인 나를 유망한 청년들의 문학동인에 가입시켜준 배창환과 다른 선배 시인들의 열린 태도에 감사했다.)

1984년 1월 초에 나는 창비 17인 신작시집 『마침내 시인이여』(이 책도 15인 시집으로 1983년에 출간될 것이라는 청탁서를 받았는데 1984년 1월 초에 출간됐다.)에 시를 발표함으로써 전국 문단에 얼굴을 내밀게 됐다. 이 무렵 어느 날 대구 시내 술집에서 선배 문인들과 술을 마시고 있는데 청주에서 시를 쓰는 미등단 문청 세 사람(도종환, 김창규, 김희식)이 왔다면서 이들과 함께 배창환 등이 나를 찾아왔다. 그래서 처음 만났다. 배창환의 경북대 사대 국어과 동기인 김재환 선생(이 분은 한참 후인 2000년대에 와서 시인으로 정식 등단했다.)이 경북 상주 지역에서 교편을 잡고 있었는데 충북대 사대를 나와서 같은 지역에서 근무하던 선생님 한 분이 청주에도 문학을 열심히 하는 사람이 있다고 해서 이들의 주선으로 청주에서 세 사람이 대구에 온 것이다.

이 무렵 '순수의 본향'(송기원 용어)이라 불리는 대구 문단에서, 또 김춘수의 제자인 배창환이 보여준 민족문학과 문학적 실천에 대한 선도적 업적은 기억할 만하다.(물론 이 뒤에는 영남대에 근무하던 염무웅, 이주형 선생을 비롯한 많은 선생들의 영향이 있었다.)

이 만남을 통해서 우리는 〈분단시대〉 동인을 만들기로 결의했고, 우선 〈오늘의 시〉에서 배창환, 김종인, 김용락 세 사람이 빠져나왔다. 당시 대구의 좁은 문단에서는 이게 하나의 가십이었다. 『분단시대』 1집에 실린 동인 9명의 면모를 보면 경북대 사대 국어과 74학번 동기들(배창환, 김종인, 김윤현, 김형근)과 배창환의 후배인 경북대 복현문우회 회장 출신으로 5 · 18 관련 옥고를 치루고 나온 정대호와 김용락 등 대구 6인, 충북대 사대 국어과를 졸업하고 부강중학교 국어교사이던 도종환, 한신대를 다니다 5 · 18 관련 제적 당하고 옥고를 치루고 나온 예비 목회자 김창규, 도종환의 충북대 후배로 학생운동으로 나중에 구속까지 되는 김희식이 처음 작품을 발표해 책을 만들었다.

동인 이름을 무엇으로 할 것인가에 대해 논의를 거쳤다. 도종환 시인이 역사학자 강만길 교수의 분단시대 역사인식 등 책을 거론하면서 〈분단시대〉라는 작명을 했고 신경림 시인이 그 이름이 좋다고 했다면서 〈분단시대〉를 제시했다. 동인 모두는 지금 우리가 살고 있는 당대를 후세의 사람들은 분단시대라고 부를 개연성이 높다고 판단해서 〈분단시대〉로 지었다.

『분단시대』 동인지는 1984년 5월 1집을 시작으로 해서 2집

『분단시대 2—이 어둠을 사르는 끝없는 몸짓』(온누리, 1985. 1) 『분단시대 3—민중의 희망을 노래하자』(학민사, 1987. 6) 『분단시대 4—분단문학에서 통일문학으로』(학민사, 1988. 9) 『분단시대 판화시집』(우리, 1985. 12) 등 모두 5권의 책을 내고 명시적으로 끝을 선언하지 않고 긴 휴식기에 들었다. 이후 더 이상의 책을 내지 않은 이유는 여러 가지가 있겠지만 시대 상황과 문단 환경의 변화를 들 수 있겠다.

마지막 동인지가 1988년 9월에 출간한 4집이었다. 그런데 알다시피 1987년에는 6월 항쟁과 8~9월 노동자 대투쟁이 있었다. 1988년은 서울올림픽이 있었다. 이때를 기점으로 폐간되었던 주요 잡지와 일간지 등이 복간되었고, 해금 조처가 시행되면서 많은 잡지와 출판물들이 우후죽순 격으로 생겨나게 되었다. 동인지의 중요성이 상대적으로 줄어들었다. 언로가 막히고 출판물이 줄어들었을 때는 동인지를 통해 의사를 소통하고 발표 지면을 제공받았지만 이런 환경이 해소된 셈이다. 그리고 동인들도 개인적으로 첫 시집을 내고 지명도를 얻으면서 이전보다 동인 활동에 참여하는 열의가 줄어든 것도 한 원인으로 지적할 수 있다.

첫 동인지를 출간한 출판사 온누리의 김용항 대표는 청주 출신으로 청주 쪽 문인들과 친분도 있고 자신도 문학도여서인지 어려운 여건임에도 『분단시대』 동인지를 출간해주었다.

이 분의 기여도 기억해야 할 것 같다. 동인지 1집 『분단시대—이 땅의 하나 됨을 향하여』는 발간되자마자 서울대 학생운동권의 의식화 교재로 채택되면서 판매 금지가 되었다. 당시에는 판금 서적이 비일비재했다. 군사정권의 문화정책의 억압성을 보여주는 상징적 사건이었다. 동인 대부분이 현직 교사였던 점을 감안해보면 동인지 출간으로 동인들이 일선 교육현장에서 많은 고충을 겪었다.

내 경우도 1집 출간과 이어 1985년에 출간한 『분단시대 판화시집』에 실린 몇몇 시편 때문에 당시 교사로 근무하던 안동공업고에서 대구에서 내려온 경북도교육청 장학관 감사, 안기부 안동지부의 조사, 안동경찰서 정보과 형사의 조사를 받는 등 시달림을 받았다. 다른 동인들도 대동소이한 어려움을 겪었다. 나중에 전교조 운동으로 도종환은 구속되고 배창환과 함께 두 사람은 10년 해직을 겪었고, 김종인은 5년 동안 쫓겨나 있었다. 해직은 되지 않았지만 전교조 운동으로 김윤현, 김형근 동인도 많은 고난을 겪었다. 청주의 미평교도소에서 수의를 입고 옥 밖에 있는 아기들을 걱정하던 도종환의 슬픈 모습, 해직 생활로 생계의 어려움을 겪던 배창환을 곁에서 안타까이 지켜보던 생각이 떠올라 지금도 마음이 울컥한다.

1984년을 기점으로 얼어붙은 정국에서도 많은 운동 단체가 생겨나고, 이 단체들에서 여러 기관지, 잡지를 창간했다.

해직언론인협의회, 민중문화운동협의회, 민주화추진협의회, 민중민주운동협의회, 민주통일국민회의, 민주언론운동협의회 등 지금은 그 이름도 아득한 기억 속에 가물거리는 많은 단체들이 1984년에 다 출범했다. 역시 이때 1970년대의 자유실천문인협의회가 민족문학작가회의로 재출범했다.

당시 〈오월시〉는 광주 오월의 참극과 희생을 당한 당사자들이란 점에서 문단뿐 아니라 사회 안팎의 주목을 받았고, 〈시와 경제〉는 서울대 출신의 투옥 경력이 있는 학생운동가와 창비 등 유수한 잡지 출신의 기층 시인들이 조합된 동인이어서 주목을 받았다. 이들은 어떤 점에서 당시 문학운동의 주류를 자처했다. 그에 비해 〈분단시대〉 동인은 지방인 대구와 청주의 거의 무명에 가까운, 구성원 가운데 등단 시인이 절반도 안 되는 비주류로 출발했다. 그럼에도 〈분단시대〉는 1984년 자유실천문인협회를 계승해 재건한 '민족문학작가회의' 창립에 당당히 한 주역으로 참여했다. 대구에서 8시간씩 완행기차를 타고 서울을 오르내리면서도 힘든 줄 몰랐다. 역사에 복무한다는 의무감에!

〈분단시대〉는 창립 30년이 되면서 구성원 대부분이 한국 시단의 훌륭한 중견 시인으로 성장했다. 특히 도종환이라는 대중의 광범한 사랑을 받는 특출한 서정 시인을 발굴해 한국 시단에 등장시킨 것은 〈분단시대〉 동인의 가장 큰 문학사적 업적 가운데 하나이다. 도종환을 비롯 〈오월시〉가 발굴한 윤재철, 〈시와 경제〉에서 등단시킨 박노해 등은 1980년대 동인지 문단이 배출한 기억할 만한 문학적 업적임에 분명하다.

3.

구체적으로 동인지를 살펴보자. 1집 머리말을 보자.(머리말은 도종환이 대표 집필해서 동인들이 돌려가면서 읽고 확정했다.)

> 시는 만남이다.
>
> 안과 밖의 만남, 개인과 시대와의 만남, 자아와 그 자아를 둘러싼 상황과의 만남, 나아가서 민중적 진실과 역사적 진실과의 만남, 정신적 구조와 역학적 구조와의 만남이다.(중략)
>
> 오늘날, 개인의 역사적 실체로서의 민족과 민족의 역사적 구성원으로서의 개인은 단절되어 있다. 경제의 이분법적 갈등 구조 속에 살아가는 개인의 극심한 비인간화와 건강성의 상실, 정신의 비틀림, 분단의 지속으로 인해 비호되고 있는 온갖 모순과 질곡과 폭력, 적극적인 삶의 의지의 매몰 등은 이 시대의 흑백논리가 낳은 기형적인 양상들이다.
>
> 국토의 분단에서 시작한 그것들은 결국 민족의 분단, 진실의 분단, 진리의 분단, 시대의 분단, 정신의 분단을 가져오고 만 것이다.
>
> 우리들은 그러한 나뉘어진 모든 것을 향하여 근원적인 물음을 던지려 한다(하략)
>
> —1집 「머리말」 중에서

문학이 모든 시대에 있어서 다양성이란 이름으로 용납되어진다면, 문학은 그야말로 아무것도 아닐 수 있으며, 개인 취향적 유미적 패배주의나 귀족적 언어유희로 치닫게 될 우려마저 있는 것이다.

한 시대의 정신문화는 당대만이라고 할 수 없는 일정한 역사적 흐름 위에서 생성, 발전되는 과정에 있으면서, 예외 없이 당대에 사는 모두에게 절대적인 힘으로 작용한다. 그러면서, 각 구성원의 새로운 삶의 가치 혹은 역사적 전망과 비전을 창출하는 원동력이 된다는 점에서 가장 구속력이 강한 민중교육의 현장임을 부인할 수 없을 것이다. 이런 점에서 보더라도 문학은 당연히, 가장 민중적이고 민주적이고 민족적이어야 할 것이다.(중략)

이와 같이 식민주의 잔재를 청산하지 못한 채, 부조리와 불합리와 불평등이 악순환 되고 있는 상황과 삶의 현장을, 그리고 그 모든 원인을 우리는 〈민족의 분단〉에서 찾았다. 진정으로 우리는 민족의 통일이 우리 민족의 참다운 삶과 자유를 회복해줄 수 있으리라 믿고 있다.

—2집 「2집을 내면서」 중에서

인용한 1집의 머리말을 보면 기교나 현학을 부리지 않으면서도 지향점을 분명히 한 점이 명쾌하다. 국토의 분단에서 시작해 정신의 분단에 이른 현실에 대해 문학을 통해 근원적인 질문을 던지겠다는 게 이들의 문학적 목표이다. 1집 머리말에 〈분단시대〉 동인의 근본적인 문학 지향이 잘 드러나 있다.

2집에서는 문학이 다양성이란 이름으로 용납되어서는 안

된다는 점을 강력히 환기하고 있다. 지금 읽어보면 좀 지나치다 싶을 정도의 교조적인 이 선언은 그만큼 시대의 절박성을 느끼고 있었다는 증거이기도 하다. 그러면서 문학이 민중, 민족, 민주적이어야 한다는 점을 천명하면서 통일에 대한 강한 의지를 드러내고 있다. 실제로 머리말에서 주장한 바처럼 이들은 2집의 구성을 다양하게 하고 있다.

시에는 김형근, 도종환, 김용락, 김창규, 정대호, 김희식, 김윤현, 김종인, 배창환, 평론에는 도종환, 「개화기 정치 소설류의 역사인식」 김사열, 「새로운 놀이판을 향하여」, 마당극에는 「내 차라리 계림의 개나 돼지가 될 지언정—한 · 일 열림굿(놀이패 '탈' 공동작품)」, 서평으로 김용락의 「동심과 역사의식—몽실언니」, 소설에 정만진의 중편 「침전의 바다」가 실려 있다.(국판 268쪽)

2집에는 책의 뒤편에 '투고 안내'를 실어 〈분단시대〉의 실천적 문학운동에 뜻을 같이하는 사람의 투고를 기다린다는 안내를 싣고 있다. 2집은 1집에 비해 평론, 마당극, 서평, 소설 등으로 장르를 확대하고 책의 부피도 크게 늘렸다. 2집부터 정만진이 동인에 가담했다.

『분단시대』 3집 『분단시대 3—민중의 희망을 노래하자』에는 ■시 : 김종인, 김용락, 정대호, 배창환, 김희식, 백승포, 김윤현, 정원도, 김창규, 도종환, 김석현, 김형근, 김복진과

■소설 : 박희섭,「어둠의 가지」■평론 : 백진기,「현단계 민족 민중문학의 논리」 김사열,「영남지방의 민중극운동」■창작탈춤대본 : 놀이패 '탈'의「꼬리 뽑힌 호랑이」를 싣고 있다. 새로운 시인으로 김석춘, 김시천, 윤석홍을 소개하고 있다. 김석춘과 윤석홍은 포항제철 노동자이고 김시천은 충북 지역의 중등 교사이다. 3집부터 포철의 협력업체인 강원산업 노동자로『시인』지 출신인 정원도와 김시천이 새로운 동인으로 가세했고, 현직 버스 운전기사 시인 백승포, 농민시인 김석현, 〈백전〉문학동인 김복진의 시를 실어서 현장에서 활동하는 지역의 문학인과 소통을 꽤했다.(국판 155쪽)

4집『분단시대 4—분단문학에서 통일문학으로』에서는 '분단으로 매몰된 작가와 작품을 평가한다' 특집을 마련했다. 1988년 서울올림픽 영향으로 월북 작가들의 작품이 해금되던 시대상을 반영한 특집이면서 문단의 쟁점을 선도한 의미 있는 특집이었다. 임헌영「분단으로 매몰된 작가와 작품」이동순,「김기림 시의 새로운 독법」 최두석,「민족현실의 시적 탐구—이용악론」 신범순,「백석의 공동체적 신화와 유랑의 의미」 도종환,「방관의 문학, 나눔의 문학」 김승환,「이태준의『농토』 분석」을 실었다.

■시 : 박운식, 김윤현, 감창규, 김종인, 정대호, 김시천, 배창환, 김용락, 정원도 ■창작마당극 : 놀이패 '탈' 공동작업,

「이 땅은 니캉 내캉」 ■소설 : 정만진, 「우계」 정명섭, 「매장 연습」을 실었고, ■새로운 시인으로 김성장, ■투고 작품으로 김응교, 이재일의 작품을 싣고 있다. 그리고 『분단시대』 1, 2, 3권의 총목차를 싣고 있다.

시를 발표한 박운식 시인은 충북 영동에서 농사짓는 농부였다. 새로운 시인으로 소개된 김성장은 충북대를 졸업한 중등 교사이고, 투고 작품의 주인공인 김응교는 연세대 신학과를 다닌 신학도였고, 이재일은 교사였다. 4집부터 김성장, 김승환(당시 충북대 교수)이 동인으로 참여했다.

『분단시대』 동인지 2집을 낸 1985년 12월에 대구에 있는 출판사 '우리'에서 『분단시대 판화시집』을 출간했다. 대구 지역에서 활동하던 판화가 정하수와 박용진의 판화를 실었다. 책 끝부분에 미술평론가 김영동의 정하수와 박용지의 작품세계에 대한 짧은 평을 실었다. 1980년대 초반 판화가 오윤을 비롯한 〈현실과 발언〉 동인들의 판화 작업, 이철수의 개별적인 판화 작업 등이 붐을 일으키며 판화가 갖는 대중성과 선동성, 여러 장을 쉽게 복사할 수 있는 물량성 등이 주목받으면서 비록 화단뿐 아니라 예술계 전반에 판화가 주목을 받았는데 〈분단시대〉의 판화시집 역시 당시의 이런 문학적 시류의 영향을 받았다. 멀리는 중국 노신의 판화운동도 우리가 판화시집에 관심을 갖게 된 하나의 계기였다.

「『판화시집』을 내면서」라는 머리말을 보자.

> 여기서 지금 이곳의 우리 시는 책상 위에서 머리로 쓰는 시보다는 일터에서 깨진 손발과 빛을 뿜는 거친 호흡으로 쓰는 시, '밀실'의 시가 아니라 '광장'의 시, 혼자 보고 즐기며 야릇한 웃음을 웃고 넘기는 시보다 울음과 통곡의 현장을 끝까지 지키며 떠날 줄을 모르는 시, 민중에 대한 배반의 시가 아닌 그 믿음에 터를 둔 교육의 시, 몇 구절의 왜곡 효과에 의한 미적 쾌감의 수렁에 빠져드는 시보다 큰 소리로 노래되고 낭송되는 시, 우리를 끝없이 잠재우는 시가 아니라 오랜 잠에서 깨어나게 하는 시, 무성한 들풀 위에 부리는 제초제나 환각제의 시가 아니라 이른 봄에 부리고 가는 빗줄기와 같이 새로운 힘으로 푸릇푸릇 솟아나는 시가 아니면 안 되는 것이다. (중략)
>
> 판화시집을 내기로 한 것은, 판화가 갖는 서사적 형상력과의 만남을 통하여 우리의 발언을 확대시키고자 하는 나름대로의 욕구가 있었기 때문이며 또한 판화, 시, 출판 등 여러 부문의 지역문화운동의 차원으로도 의미 있는 작업이라 판단되었기 때문이기도 한다.
>
> —「『판화시집』을 내면서」 중에서

인용문에서 보면 이들은 판화시집 출간을 판화시집이 갖는 서사적 형상이라는 본질적인 의미뿐 아니라 타 분야와의 연대운동과 지역문화운동이라는 차원으로까지 확대한다는 전술적 고려도 있다. 이러한 문학운동의 전술적 고려는 이후 4

집에서는 "지역문학운동, 지역문화운동, 교육운동"(머리말)으로 확대를 주창하고 있다. 이런 점을 보면 〈분단시대〉 문학 동인의 문학 활동의 좌표와 목표점을 알 수 있다.

판화시집에는 도종환 문학의 기념비적 작품인 「접시꽃 당신」「병실에서」「암병동」「옥수수밭에 당신을 묻고」「당신의 무덤가에」 5편이 처음 발표되었다. 특히 「접시꽃 당신」은 삶과 죽음을 초극한 종교적 신성성과 시적 헌신이 돋보이는 매우 뛰어난 작품이다. 도종환 개인사와 관련시켜 가볍게 평가할 작품이 아니라 치열한 시정신과 깊은 영혼의 순결성을 집약한 절제된 시어는 윤동주의 그것을 뛰어넘는 한국 근대 시정신의 한 정점을 찍었다.

〈분단시대〉 동인은 1984년 초에 동인들이 처음 만나 결성한 후 1988년 4집을 내는 것으로 활동이 끝났다. 이들은 1980년대라는 엄혹한 시기에 나름 시대정신에 충실한 문학을 하려고 노력했다. 그 와중에 동인들은 직장에서 쫓겨나고, 투옥되고 독재정권으로부터 여러 가지 탄압을 받았지만 꿋꿋하게 버디면서 동인지 3집의 표제처럼 "민중의 희망을 노래"했다. 30년이라는 세월이 흐른 이제 생물학적으로는 20대의 청년들이 50대의 장년으로 변했다. 더불어 이들의 문학적 성과와 문학사적 의의도 온전히 세월과 역사의 몫이 되었다.

분단시대 동인 발자취

■ 1집 : 『이 땅의 하나 됨을 향하여』, 온누리, 1984. 5. 15.

시 : 배창환, 도종환, 김용락, 김종인, 김창규, 김윤현, 김희식, 정대호, 김형근

■ 2집 : 『이 어둠을 사르는 끝없는 몸짓』, 온누리, 1985. 1.

시 : 김형근, 도종환, 김용락, 김창규, 정대호, 김희식, 김윤현, 김종인, 배창환

■ 『분단시대 판화시집』, 우리, 1985. 12.

시 : 도종환, 김종인, 김창규, 김윤현, 김형근, 김용락, 김희식, 배창환, 정대호,

판화 : 정하수, 박용진

■ 3집 : 『민중의 희망을 노래하자』, 학민사, 1987. 6.

시 : 김종인, 김용락, 정대호, 배창환, 김희식, 백승포, 김윤현, 정원도, 김창규, 도종환, 김석현, 김형근, 김복진

■ 4집 : 『분단문학에서 통일문학으로』, 학민사, 1988. 9.

시 : 박운식, 김윤현, 감창규, 김종인, 정대호, 김시천, 배창환, 김용락, 정원도